ターミナル

髙橋《たかはし》 宏美《ひろみ》

文芸社

いつもの朝が始まった。

ぼくは自転車で駅に向かう。

「おはよーっ」

いつものように同級生のユウちゃんと合流。改札を通り階段を駆《か》け上がる。上り線のホームは人がまばらである。いつも通り、最後尾《さいこうび》車両の乗降位置に二人で並ぶ。

「まもなく1番線に上り電車がまいります。白線の内側まで下がってお待ちください」

ふと、同じホームの東京方面に目を向けると母子がいる。子供はようやく歩き始めたくらいの子だ。母親はバッグの中の何かを探している。子供がよちよちと線路の方に歩き出す。ぼくはとっさに走り出す。子供が線路に落ちそうになった。ぼくは線路に飛び降り、転落してきた子供を線路に落ちる寸前で受け止めた。

「あー、よかった。こらボク。お母さんから離《はな》れちゃだめだよ」

中学生のときは野球、高校生の今は近くの道場で拳法《けんぽう》を習っている。身のこなしには自信がある。

「さーてと。あれ……？　入ってきた電車はどこへ行ったのかな？　あっ、ユウちゃんは向こう側のホームにいるな。今助けた子供とお母さんも向こう側のホームにいるな。よかったよかった」

ユウちゃんたちのホームに電車が到着し、出発して行った。ユウちゃんと母子の姿はなかった。

ぼくはホームによじ登った。ちょうどこちらのホームにも電車が入線してきたので、何事もなかったかのように車両に乗り込《こ》んだ。

次の駅に着きドアが開いた。

「あれっ？　赤城の森駅《あかぎのもり》だ」

思わずつぶやきながら、ぼくは降車した。

「なつかしいなー。でも赤城の森駅《あかぎのもり》？　改名されて今は平和の森駅になったはずだけど……。いつ砂山電鉄に乗っちゃったのかなあ。まっ、いいか。とりあえず家に帰ろう」

砂山電鉄は東京郊外《こうがい》を走るローカル線。近くに東京直通線の駅ができたりして厳しい経営状況《じょうきょう》にある。そのため、赤城の森駅《あかぎのもり》は経費節減で日中は無人駅となっている。

ぼくは改札を抜《ぬ》け、短い階段を下りる。家に向かって歩き出した。

途中《とちゅう》にあるみりん工場も昔のままだ。

その工場の塀《へい》沿いにしばらく歩いて行く。みりん工場を過ぎると、柊《ひいらぎ》の垣根《かきね》に囲まれたとうもろこし畑が現れる。この畑の先を南に曲がる。少し行くと、駄《だ》菓子屋《がしや》がある小さな変則十字路（食い違《ちが》い交差点）にさしかかる。

子供たちが冷凍庫《れいとうこ》の蓋《ふた》を開けてアイスクリームを選んでいる。

「アイスクリームが溶《と》けちゃうから、決めてから蓋《ふた》を開けな」

駄菓子屋《だがしや》のお婆《ばあ》さんにせかされて、子供たちはおっぱいアイスを手にして、うれしそうに神社の方に走って行った。

『まだこの婆《ばあ》さんは元気にやってるんだ。相変わらずつっけんどんだな』

お婆《ばあ》さんはぼくをちらっと見て冷凍庫《れいとうこ》内の霜《しも》を掻《か》き落とした。

変則十字路を斜《なな》め先の方向に進むとすぐに『隠居《いんきょ》』と呼ばれる家がある。先代の爺《じい》さんは親しまれていたようだが、今の隠居《いんきょ》のとっつぁんは被害妄想癖《ひがいもうそうへき》があり、妬《ねた》みの塊《かたまり》のような男で、「あの人はいい人だ」なんて話を聞くと、「あいつは陰《かげ》では悪いことをしている」などと嘘《うそ》の話をして悪い噂《うわさ》を広げ、評判が落ちるのを生き甲斐《がい》としているような人物である。近所の子供たちが落ちないようにとぼくの父が設置した側溝《そっこう》の蓋《ふた》を、全部壊《こわ》したこともあった。

『昔は、隠居《いんきょ》のとっつぁんが放し飼いにしていた犬によく追いかけ回されたなー』

垣根越《かきねご》しにちょっと家を覗《のぞ》くと、縁《えん》の下に何か変な生き物がいた。

『何だ？　犬じゃないなー。タヌキでも飼い始めたのか？　まっ、いいか』

次に『ウモドン』と呼ばれる家の前を通る。ぼくの家の北隣《どなり》の家だからぼくの家族は『裏の家』と呼んでいる。ここに住んでいる爺《じい》さんは、大嘘《うそ》つきで、泥《どろ》棒癖《ぼうぐせ》がある。近隣《きんりん》の畑からネギなどの野菜を盗《ぬす》み、市場で売りさばく。近所の子供たちに泥棒《どろぼう》の手伝いをさせたり、さんざん悪いことをしている爺《じい》さんだ。

『裏の家の爺《じい》さんは、死んだら閻魔《えんま》様にうんと怒《おこ》られるんだろうな』

などと考えながら通り過ぎ、ぼくの家の方に曲がった。


ぼくの家は以前、みりんの運送屋だった。トラックの車庫がまだ残っている。トタン屋根は穴ぼこだらけ。昔、父とぼくの兄がブルーシートを釘《くぎ》で打ち付けて補修した昔のままである。母屋《おもや》も建て直す前のコールタールを塗《ぬ》ったトタン屋根のままだ。父が家から出てきた。

「お父さん。どこへ行くの？」

「運転手が急に休んだから、荷物を届けてくる」

「気をつけてね」

父はボンネットタイプの大型トラックに乗り込《こ》むと、右手をひょいと上げて出て行った。

家に入ろうとしたら、姉の玲子《れいこ》が自転車に乗って帰ってきた。

「あれ？　ヒロシっ」

びっくりした顔をしている。

「ヒロシ。あなた、ここで何やってんの？」

「東京行きの電車に乗ったんだけど、なぜか赤城《あかぎ》の森《もり》駅に着いたから帰ってきた。

お父さんはどこまで行ったの？」

「河川敷《かせんしき》よ」

「あれ？　みりんを問屋さんに運んで行ったんじゃないの？」

「あー。昔はそうだったけど、今はお弁当を運んでいるのよ。川が氾濫《はんらん》しないようにみんなで土手の嵩《かさ》上げ工事をしているの。河川敷《かせんしき》で畑を作っている人もいてね、その人たちにお弁当を届けているのよ」

「大型トラックで？」

「そうね、そう思うかもしれないわね。でもおかしいわね……。姉ちゃんね、ちょっと調べてくるから家の中で待っててね。鍵《かぎ》をかけておくのよ。外から覗《のぞ》かれても見つからないように押《お》し入れの中に隠《かく》れていてね。急いで！」

と言うと姉は自転車に乗って出て行った。

『昔、怒《おこ》られたときに閉じ込《こ》められた押《お》し入れに入るのはいやだなあ』

そんなことを思っていたら、家の裏の方から赤トラの猫《ねこ》が走ってきて、ぼくの足にまとわりついた。

「チーコ！」

ぼくが小さい頃《ころ》に飼っていた雄《おす》の猫《ねこ》だった。チーコは器用に家の引き戸を開け、『早く家の中に入れ』とぼくをせかしているようであった。

「分かった分かった。入るよ」

中に入ったとたん、チーコが急いで引き戸を閉めた。

「あれ？　いつもは開けっ放しなのに閉められるようになったのか」

チーコは引き戸のガラス部分まで背を伸《の》ばして、ガラスに息を吹《ふ》きかけて曇《くも》らせた。

「どうしたの？」

チーコがぼくの口を前脚《あし》で塞《ふさ》いだ。

そのとき、通りの方から暴走した牛のような足音が響《ひび》いてきて、家の前を通り過ぎ、家の裏の方と土手の向こうの方の二手《ふたて》に分かれて走り去って行った。

「チーコ、今のは何？」

チーコは耳を立て、外の様子をうかがっている。

そしてチーコが引き戸を開けたのでぼくは外に出た。辺りには吐《は》き気を催《もよお》すような腐《くさ》った生ごみの臭《にお》いが漂っていた。地面には大きな足跡《あと》がたくさん残っていた。チーコは周囲の臭《にお》いを嗅《か》ぎ、大きな足音が消えていった家の裏の方に走って行った。

姉が帰ってきた。

「あっ。奴《やつ》らが来たのね。この臭《にお》い……。ずいぶん手下を集めたようね。大丈《だいじょう》夫《ぶ》だった？」

「暴走牛のようなものが通り過ぎて行ったよ。でもチーコと家の中にいたから大《だい》丈《じょう》夫《ぶ》だったよ」

「あーよかった。チーコが助けてくれたんだ。でも奴《やつ》らはかなりいらだっているようね」

「姉ちゃん、ぼくは家に帰ってきたんだよね？　でも何かおかしいよね？？」

「そうだね……。ヒロシ、よく聞きなさい。ここは、ヒロシが小さいときに育った家よ。あなたの家よ。だけど、今はまだあなたが来てはいけない場所なの」

「来てはいけない場所って？」

「姉ちゃんと話をしていることは、おかしくない？」

「何が？」

「ヒロシが小さいときの夏に、悲しいことがあったね」

「うん」

「どうして？」

「姉ちゃんが交通事故で死んじゃったんだ」

「目の前にいる私は誰《だれ》？」

「姉ちゃん」

「姉ちゃんの手を握《にぎ》ってごらん」

ぼくは姉の手を握《にぎ》った。確かに姉の手だった。とても温かくて優しい。

「死んだ姉ちゃんの手を握《にぎ》れるのはおかしいと思わない？」

小学6年生だった姉はぼくを助けようとして自動車にはねられて死んでしまった。しかし今、その当時の姉と一緒《いっしょ》にいることに何の違和感《いわかん》もない。

「ぼくは死んだの？」

「今、姉ちゃんは役場で仕事をしているの。亡くなった人は、役場の名簿《めいぼ》に載《の》るの。だけど、ヒロシの名前はないのよ。ヒロシはまだ来てはいけないの。元の世界に帰らなくちゃいけないの。分かる？」

「じゃあ、帰るよ」

「そうね。だけど簡単には帰れないの」

「どうして？」

「『人間がこの世界に入り込《こ》んだ』って噂《うわさ》が広がっているの。裏の家のお爺《じい》さんが ヒロシの姿を見て、餓鬼《がき》ネズミに知らせたのよ。餓鬼《がき》ネズミというのは死霊《しりょう》で、ヒロシを捕《つか》まえようと、血まなこで捜《さが》しているの」

「どうして？」

「生きた人間の血を飲めば、餓鬼《がき》ネズミは人間界へ行く力を持ってしまう。そうなったら、餓鬼《がき》ネズミたちは死霊《しりょう》として人間界に現れ、人間の和の心を食い尽《つ》くすの。人間界が崩壊《ほうかい》しかねない。そして同時にあなたは生霊《いきりょう》そのものになってしまい、たとえ肉体が死んでも魂《たましい》はこの世界に来られず、人間界をさまようことになってしまう。だから、あなたは無傷で一刻も早く人間界に帰らなくちゃならないの。

それとね、人間界のヒロシは今、仮死状態になっているはず。帰るのが遅《おく》れれば本当に死んでしまう。帰れたとしても何らかの後遺症《しょう》が出てしまう」

「どうしたらいいの？」

「今すぐ赤城《あかぎ》の森《もり》駅に行こう。日没《にちぼつ》前の電車に乗り遅《おく》れたら帰れなくなってしまう。よし、行こうか」

姉は、裏の家との境にある垣根《かきね》の方を見た。

「どうしたの？」

「裏の家のお爺《じい》さんに見られていないかを確認したの。でもよかった。覗《のぞ》いていないみたい」

「どうして？」

「ヒロシも知っているとおり、裏の家のお爺《じい》さんは生きているときにさんざん悪いことをしていたの。死んだ今でも未《いま》だに改心していないの。だから死んでからもまともな仕事に就けず、餓鬼《がき》ネズミにいろいろなことを告げ口しておこぼれをもらいながら生活をしているの。今はあなたの見張りを餓鬼《がき》ネズミから命令されているに違《ちが》いないわ。ヒロシ、帰るよ」

姉とぼくは駅に向かって走り出した。

そのころチーコは甘《あま》〜い柿《かき》を裏の家の爺《じい》さんに差し入れしていた。

「おお、チーコちゃん、この柿《かき》を俺《おれ》にくれるのかい」

チーコは黙《だま》って柿《かき》を差し出した。

「昔、おまえの家の柿《かき》を盗《ぬす》みに行ったとき、ヒロシの兄貴に見つかって摘《つ》み取った柿《かき》を全部回収されてしまった。だからおまえの家のうまそうな柿《かき》を食えなかった。警察に突《つ》き出されるかと思ったが勘弁《かんべん》してくれた。そのとき俺《おれ》は『今に見ていろ！　今度こそ見つからないように柿《かき》を全部盗《ぬす》んでやるぞ』って心に誓《ちか》ったんだ」

裏の家の爺《じい》さんは柿《かき》にかぶりついた。種を吐《は》き出しながら、

「餓鬼《がき》ネズミの連中は畜生《ちくしょう》の分際でこの俺《おれ》をこき使う。『ヒロシを見張っていろ！』なんていう命令なんか聞いちゃいられねえ。ふざけやがって……。餓鬼《がき》ネズミの倉にはたくさんの残飯がため込《こ》まれているのを俺《おれ》は知っている。今に見ていろ。俺《おれ》が全部盗《ぬす》んでやる」

裏の家の爺《じい》さんは夢中で柿《かき》をほおばった。チーコは爺《じい》さんの傍《かたわ》らで、ヒロシたちが通りに出て行くのをこっそり見送った。

ぼくと姉は隠居《いんきょ》の家の前を通り過ぎた。縁《えん》の下の変な生き物も人も見当たらなかった。駄菓子屋《だがしや》まで来ると、姉は立ち止まりこう言った。

「ヒロシ。ちょっと待って。餓鬼《がき》ネズミたちがすぐそこまで追ってきている」

姉はとっさにぼくの手を引っ張った。

ぼくたちは変則十字路の角の生け垣《がき》の裏に隠《かく》れた。

「ヒロシ。息を止めて」

姉が言い終えるとすぐに餓鬼《がき》ネズミたちが現れ、駄菓子屋《だがしや》のお婆《ばあ》さんに尋《たず》ねた。

「やいババア、ヒロシと姉ちゃんがここを通らなかったか」

「あー神社の方に行ったよ」

そう言って西の神社の方角を指でさした。

餓鬼《がき》ネズミたちは神社の方に走って行った。

「ありがとう、お婆《ばあ》さん」

姉がつぶやく。

そして、ぼくと姉はとうもろこし畑の中のあぜ道を駅に向かって走り出した。最短距離《きょり》だ。

「姉ちゃん、息をしてもいい？」

「死んじゃうじゃないかバカ。もういいよ」

ぼくは死ぬかと思った。

すると、見たことのない河原に出た。子供たちが石を積んで遊んでいる。

「あれー？　来たときはこんなところを通らなかったよ」

「ここは賽《さい》の河原。死んだ人は、みんなここを通るの。だけどヒロシは死んでいないからここを通らなかったのよ」

神社の方から餓鬼《がき》ネズミたちが押《お》し寄せてきた。

「みんなー」

姉が賽《さい》の河原にいる子供たちに声をかける。

姉が衣をふわりと翻《ひるがえ》した。遠くにいた子供たちも身長１７３センチメートルのぼくも、衣の内にすっぽりと収まった。ぼくたちは息を潜《ひそ》めた。

『あれっ姉ちゃん。いつ着物に着替《が》えたんだ？　まっいいか』

餓鬼《がき》ネズミたちが姉を取り囲んだ。お頭《かしら》らしい者が鬼《おに》の形相で姉に迫《せま》った。

「玲憧《れいどう》、ヒロシをどこに隠《かく》した。さっきまでいた子供らをどこに隠《かく》した」

「ヒロシ？　役場の来界名簿《めいぼ》にヒロシの名前はありません。あなたも知っているでしょ。私より先にここに来る人を見つけて金品を巻き上げるために役場の床下《ゆか》に手下を潜《もぐ》り込《こ》ませ、いつ誰《だれ》が来るかを盗《ぬす》み聞きさせているのは分かっています。手下からの報告はないでしょ。さあチャンチョさん、手下を連れてさっさとお帰りなさい」

姉は諭《さと》すように、そして毅然《きぜん》とした態度で言い放った。餓鬼《がき》ネズミたちは後ずさりをした。

そこにチーコがヒロシに体当たりをするように飛び込《こ》んできた。

「あー、びっくりした。乱暴だな。飛び出しちゃうところだったよ」

「ごめんごめん。隙《すき》を狙って飛び込《こ》んだから」

「だけどチーコ、餓鬼《がき》ネズミが姉ちゃんのことを『玲憧《れいどう》』って言っていたみたいだけど？」

「ああ、玲子《れいこ》姉さんのこの世界での名前だよ」

「どういうこと？」

「玲子《れいこ》姉さん、いや玲憧《れいどう》様は賽《さい》の河原で遊んでいる子供たちを助け、この世界に来た人たちを迷わず浄土《じょうど》に導く仕事をしているんだ。とてもえらい方なんだ」

「ふ～ん。じゃあ、チャンチョって？」

「餓鬼《がき》ネズミのお頭《かしら》だ。元は人間だったんだけど、あまりにもひどい行状《ぎょうじょう》をしてきたので浄土《じょうど》に行かれないんだ。改心すれば今からでも浄土《じょうど》に行かれるんだけど、それができず、妬《ねた》み恨《うら》みの心を消すことができないんだ。だから死霊《しりょう》になってここで威張《いば》り散らしているんだよ。ヒロシのお父さんや玲憧《れいどう》様から何度も

郵便はがき

料金受取人払郵便

新宿局承認

7553

差出有効期間
2024年1月
31日まで
(切手不要)

160-8791

141

東京都新宿区新宿1－10－1

(株)文芸社

愛読者カード係 行

ふりがな お名前				明治 大正 昭和 平成 年生 歳	
ふりがな ご住所	□□□-□□□□				性別 男・女
お電話 番 号	(書籍ご注文の際に必要です)	ご職業			
E-mail					
ご購読雑誌(複数可)			ご購読新聞 新		

最近読んでおもしろかった本や今後、とりあげてほしいテーマをお教えください。

ご自分の研究成果や経験、お考え等を出版してみたいというお気持ちはありますか。

ある　　ない　　内容・テーマ(

現在完成した作品をお持ちですか。

ある　　ない　　ジャンル・原稿量(

書　名				
お買上書店	都道府県	市区郡	書店名	書店
			ご購入日	年　　月　　日

本書をどこでお知りになりましたか?

1.書店店頭　2.知人にすすめられて　3.インターネット(サイト名　　　　)

4.DMハガキ　5.広告、記事を見て(新聞、雑誌名　　　　)

上の質問に関連して、ご購入の決め手となったのは?

1.タイトル　2.著者　3.内容　4.カバーデザイン　5.帯

その他ご自由にお書きください。

(　　　　)

本書についてのご意見、ご感想をお聞かせください。

①内容について

②カバー、タイトル、帯について

弊社Webサイトからもご意見、ご感想をお寄せいただけます。

ご協力ありがとうございました。

※お寄せいただいたご意見、ご感想は新聞広告等で匿名にて使わせていただくことがあります。

※お客様の個人情報は、小社からの連絡のみに使用します。社外に提供することは一切ありません。

■書籍のご注文は、お近くの書店または、ブックサービス(0120-29-9625)、セブンネットショッピング(http://7net.omni7.jp/)にお申し込み下さい。

諭《さと》されたんだけど聞く耳を持たないんだ」

「お父さんや土手の向こう側で働いている人たちはどうなの？」

「土手の向こう側は浄土《じょうど》だよ。ここにいる子供たちも浄土《じょうど》から遊びに来ているんだよ。ここで遊んでいるほうがスリルがあっておもしろいからね。ヒロシの家も浄土《じょうど》だよ。川の水嵩《かさ》が増えてもお弁当をみんなに届けられるように土手の外側にあるんだ。そう、駄菓子屋《だがしや》のお婆《ばあ》さんも浄土《じょうど》から来ているんだ。こっちで商売をしているほうが儲《もう》かるからね」

「チャンチョたちは土手の向こうにも行っているじゃないか」

「人を妬《ねた》み恨《うら》む心は真実を見る目を曇《くも》らせてしまう。目の前の真実を認識できなくて、人からの助言や諫言《かんげん》（注意）をも受け入れる素直な心も奪《うば》ってしまう。チャンチョたちは土手の向こう側に行っても、浄土《じょうど》に入っていることにすら気づくことができない。そこにあるみんなが苦労して作った作物も、食べ物であることに気づかない。ただ畑を荒《あ》らし回り、みんなを困らせることで満足を感じるだけで、持ち去ることもできない。だからいつも残飯ばかりをあさっている。これが妬《ねた》みや恨《うら》みが引き起こす最大の罪だ」

「じゃあ、チャンチョたちはずっとこのまま？」

「チャンチョたちのような死霊《しりょう》を改心させて、正しい道に導くのも玲憧《れいどう》様の務めなんだ。諫言《かんげん》を受け入れるには相当な力がいる。今のチャンチョたちには玲憧《れいどう》様の言葉を受け入れるだけの力がない。玲憧《れいどう》様はねばり強く改心するよう説得しているんだ。地獄《じごく》行きの『引導（申し渡《わた》し）』を渡《わた》すこともできるんだけど、今まで地獄《じごく》行きの引導を渡《わた》したことはないんだ。まだまだ玲憧《れいどう》様の苦労が続くね。ヒロシは元の世界に戻《もど》ったら先祖供養をして、玲憧《れいどう》様に力を送ってちょうだい。ボクも玲憧《れいどう》様の力になれるようがんばるよ」

そのとき、子供の一人が咳《せき》をした。

「やっぱり隠《かく》しているな！」

餓鬼《がき》ネズミが牙《きば》をむいて姉ににじり寄ってくる。

姉の左手には大きな水晶玉《すいしょうだま》のようなものが乗っている。これを胸の前に掲《かか》げた。

鈍《にぶ》い光が放たれ、その光がぼくたちを包んだ。

「チーコ。あの水晶玉《すいしょうだま》のようなものは何？」

「あれは『如意宝珠《にょいほうじゅ》』といって、玲憧《れいどう》様の思いを叶《かな》えてくれるアイテムだよ」

そのとき餓鬼《がき》ネズミたちが一斉《いっせい》に襲《おそ》いかかってきた。

しかし、ぼくたちを包んでいる光はバリアのようで、すべての餓鬼《がき》ネズミをはじき飛ばした。餓鬼《がき》ネズミたちは持っていた金棒で叩《たた》いてきたが、光はこれもはじき飛ばした。

それでも何回も何回も襲《おそ》いかかってくる。ものすごい地響《ひび》きだ。

こんな状況《じょうきょう》でも姉はチャンチョににじり寄る。衣に一切の乱れもない。その動きはゆっくりとはいえ、子供たちは小さいのでうまく隠《かく》れていられるが、高校生のぼくは少し衣からはみ出しそうになってしまう。

電車の発車時刻も迫《せま》る。

このままでは子供たちを危険に晒《さら》してしまう。

ぼくは『飛び出すしかない』と思った。

次の瞬間《しゅんかん》、チーコが外に飛び出した。ぼくも後を追った。

「ヒロシ、絶対に振《ふ》り向いちゃダメよ！」

姉の声がぼくを貫く。

「いたぞー。捕《つか》まえろーっ」

チーコは猫《ねこ》パンチで餓鬼《がき》ネズミたちをはじき飛ばす。横から飛びかかってくる餓鬼《がき》ネズミをしっぽで振《ふ》り払《はら》う。

「ヒロシ、ボクの背中に乗れ！」

ぼくはチーコに飛び乗った。チーコはまっしぐらに駅に向かっている。

もう少しで改札に上がる階段、というところで、チャンチョが立ちはだかった。

まるでサイのように大きくて、改札が見えない。でもチーコはお構いなしに突《つ》っ込《こ》んでいく。

「神様、ぼくは死んでもいいけど、食われないようにしてください」

そう言うと、ぼくはチーコの背中の上で立ち上がり、チャンチョに飛びかかった。同時にチーコのしっぽが鞭《むち》のように動き、ぼくに加速度を与《あた》えた。

チャンチョに体当たりをしたぼくははじき飛ばされた。

すぐに受け身を取って立ち上がる。

気づくと、ぼくは駅前の夕暮れの風景の中にいた。

ぼくは改札に上がる階段の方に歩いて行った。

すると、その手前に隠居《いんきょ》のとっつぁんが立っていた。

「ヒロシ、よくがんばったなー」

「あっ、おじさん」

「おまえの親父《おやじ》さんが畑で採れたばかりの枝豆を茹《ゆ》でて待っているぞ。さあ、家に帰ろう」

「電車に乗って行かなくちゃいけないんだ」

赤城の森駅

「そんなに急ぐことはない。振《ふ》り向いて見てみろ。こんなきれいな夕日はここ何年も見たことがない。親父《おやじ》さんが買ってくれたカメラに収めておいた方がいい」

なぜか、ぼくの首からカメラが下がっていた。手に取りファインダーを覗《のぞ》く。

隠居《いんきょ》のとっつぁんにピントを合わせようとした。

『違《ちが》う。お父さんが買ってくれたカメラメーカー製レンズとは、ピント合わせの回転方向が逆だ』

「ありがとう。でも、お父さんと姉ちゃんに会えた。チーコにも会えた。それで十分だ。これをあげるよ」

カメラを隠居《いんきょ》のとっつぁんに渡《わた》した。そして傍《かたわ》らを通り抜《ぬ》けて改札に向かおうとした、そのとき、隠居《いんきょ》のとっつぁんから異臭《いしゅう》が発生し、見る見るうちに目が充血《じゅうけつ》し、脂汗《あぶらあせ》がふき出し、目の前に立ちふさがった。

「ヒロシー。このまま無事に帰れると思うなよっ！」

そこには餓鬼《がき》ネズミのチャンチョがいた。手渡《わた》したカメラは出刃《でば》包丁になっている。なまはげが持ち歩くような大きな包丁だ。

チャンチョが包丁で突《つ》いてきた。

ぼくは振《ふ》り払《はら》い身構える。チャンチョの目を見る。拳法《けんぽう》を習っているので相手の目を見ていれば動く寸前に『来る』という気を感じ取ることができる。かわしながら反撃《はんげき》をするがなかなか効かない。幾重《いくえ》もの攻撃《こうげき》をかわす。

チャンチョの目が変わってきた。鮫《さめ》の目のように真っ黒で、どこに焦点《しょうてん》を合わせているか分からない。チャンチョの目を見ているととても疲《つか》れる。

『ぼくの魂《たましい》が吸い取られている。こいつは死神《しにがみ》か？』

とぼくは思った。反撃《はんげき》する体力がなくなってきた。

電車が間もなく出発することを知らせるベルが鳴る。ホームに笛の音が響《ひび》く。

体が思うように動かない。

『まずい！』

そのとき、チャンチョはぼくの心臓をめがけて刃《やいば》を突《つ》いてきた。

ぼくはそれをかわそうとしたがもう避《さ》けられそうにない。

『これまでか』と思った瞬間《しゅんかん》、後ろから強烈《きょうれつ》な光の塊《かたまり》がぼくを貫通《かんつう》してチャンチョを直撃《ちょくげき》した。

「あっ、目が見えねー。畜生《ちくしょう》！　玲憧《れいどう》め！」

チャンチョは真っ黒なネズミの姿に変わり、腐《くさ》ったドブ板の下に逃げ込《こ》んだ。

間髪《かんはつ》を容《い》れず、ぼくは背中に衝撃《しょうげき》を受けた。改札を飛び越《こ》えて、ほとんど閉まっているドアのわずかな隙間《すき》から電車の中に転がり込《こ》んだ。受け身も取れなかった。

「いてー」

おでこを反対側のドアにしこたまぶつけた。目から火花が飛び出す。おでこは痛いは、背中は痛いはでひどい目にあった。

ぼくは手すりにつかまりながら立ち上がった。ドアのガラスに映ったぼくの姿は、おでこが腫《は》れあがって血がにじんでいた。そして、ふと思った。

『背中に当たったのは、ぼくの背中を押《お》したのは、たしかに姉ちゃんの手だ』

「切符《きっぷ》を拝見」

車掌《しゃしょう》がぼくに声をかけてきた。

砂山電鉄はのんびりしたもので、切符《きっぷ》を持っていなくても電車の中や降りる駅で中告すれば後払《ばら》いができる。

「切符《きっぷ》は持っていません」

「君は人間だね。人間はここで切符《きっぷ》を買うことができないんだ。切符《きっぷ》を持っていないと、乗車してきた駅に戻《もど》さなければならないんだ」

車掌《しゃしょう》は無表情でそう言った。

しかし、車掌《しゃしょう》はぼくのおでこを見て固まっている。

「そんなにひどい傷ですか?」

「いや、そうじゃない」

車掌《しゃしょう》は柔和《にゅうわ》な表情に変わった。そしてぼくの胸ポケットを指さした。

ぼくがポケットの中をまさぐると小さな厚紙が出てきた。大きさはちょうど切《きっ》符《ぷ》と同じである。しかし両面とも白紙だ。

「これ、ですか？」

車掌《しゃしょう》はじっくりと厚紙を見つめた。

「これはなんだか分かるかい？」

「分かりません」

「これは、チーコの切符《きっぷ》だよ」

「チーコの切符《きっぷ》？」

「そう。チーコは君のお父さんやお姉さんを手伝って、土手に穴を開け、田畑を荒《あ》らす餓鬼《がき》ネズミたちを追い払《はら》い、地域の人たちを助け、堤防の崩壊《ほうかい》を防いできた。そのご褒美《ほうび》に人間になれる切符《きっぷ》をもらったんだ。これがその切符《きっぷ》だ」

「えっ？　じゃあチーコに返さないと」

「チーコは生きているときに、ヒロシ君や君の家族によっぽど可愛《かわい》がられたんだねー。今は家に帰って、君のお父さんとお姉さんと一緒《いっしょ》に楽しくご飯を食べている。こちらの切符《きっぷ》をもらおう」

ぼくは振《ふ》り向きそうになった。

でも『姉ちゃんとの約束を守らないと』と思った。

車窓を見ると、外はすっかり夜になっていた。大雨が降っている。

「つめてー」

天井《てんじょう》から雨水がぽたぽた落ちてくる。

『この電車、雨漏《あまも》りしているぞ。東京郊外《こうがい》の鉄道線のお下がり電車を使っているから仕方ねーか。でも、しょっぱいなー。この前の台風みたいに、塩害の雨か？　それにしてもびしょびしょになっちゃったなー』

闇《やみ》を抜《ぬ》けた。ものすごく眩《まぶ》しい。

目を開けると目の前にユウちゃんがいる。汗《あせ》だくでぼくに心臓マッサージをしている。ぼくはユウちゃんの汗《あせ》でびしょびしょになっていることに気づいた。

「よかった……」

ユウちゃんの目から涙《なみだ》があふれ出た。

ユウちゃんはぼくの頭をぎゅっと抱《だ》きしめた。

「坊《ぼう》やは無事よ」

「あっ、そう。でも痛いよ。あんまり強く押《お》さないでよ」

「ごめんごめん。大きなたんこぶができてる。血がにじんでいるわ。これは痛いね……。でも変なの。『レ』の字に見える……。アハハハ分かった。きっと『おまえはまだ早い』って閻魔《えんま》様に弾《はじ》かれた『ペケ』マークね！」

いつもの朝が始まった。

ぼくは自転車で駅に向かう。

「おはよーっ」

いつものようにユウちゃんと合流。改札を通り階段を駆《か》け上がる。上り線のホームは人がまばらである。いつも通り、最後尾車両の乗降位置に二人で並ぶ。

「まもなく1番線に上り電車がまいります。白線の内側まで下がってお待ちください」

入線してきた電車に乗る。座席に座る。

「きょうは嫌《きら》いな音楽の授業がある。芸術科目の第1希望は書道、第2希望は美術にしたんだけどなー。何でかなー。やだな〜。ユウちゃんは書道でいいな〜」

週に1度の愚痴《ぐち》だ。

「大丈夫《だいじょうぶ》。今週の分も楽譜《がくふ》に読み仮名を振《ふ》っておいたから。毎週のことだからね。それより今日もみんなに迷惑《めいわく》をかけないように45分耐《た》えるのよ」

「お袋《ふくろ》みたいなことを言うなよ」

ユウちゃんは今日も笑う。

また、いつもの朝が始まった。

あとがき

この物語には、異なる世界を流れる2つの時間軸があります。

ヒロシは線路に転落する子供を助けることには成功したのですが、直後に死後の世界に旅立ちます。ヒロシは死者が乗るホームからユウたちがいる反対側のホームを眺めています。ここからヒロシの「魂の旅」の時間が始まります。もう1つはユウがいる「生きている人」の時間です。ユウは、心肺停止のヒロシに心臓マッサージをして蘇生させます。ＡＥＤ（自動体外式除細動器）や救急車が到着するまでのわずかな時間です。

どうでしょうか。その他にも不思議なことがあるかもしれません。

さて、この物語は、全体の流れの中にその場面その場面を詳述するという執筆方法をとっています。作者は、ヒロシとチャンチョの最後の戦いの場面は実戦を想定した構図、と考えました。しかし、坂道なつさん、文芸社さんは、物語の差し迫る危機を提供してくれました。文書を感性だけで感じる形にしていただけた、と驚きました。本の制作の難しさを教えていただき、また、出版に至ることができて感謝申し上げます。

最後に、本書の作成に於いて、元の職場の先輩である栗村嘉明氏からご助言等をいただき、まとめることができました。ここに感謝の気持ちを込めて御礼を申し上げます。

令和4年10月　　髙橋　宏美

著者プロフィール

髙橋 宏美（たかはし ひろみ）

千葉県出身、在住。
千葉工業大学卒業。元地方公務員。
2022年8月に絵本『池の神様』（文芸社）を出版。

挿絵及びカバー絵／坂道 なつ

ターミナル

2023年1月15日　初版第1刷発行

著　者　髙橋 宏美
発行者　瓜谷 綱延
発行所　株式会社文芸社
〒160-0022　東京都新宿区新宿1－10－1
電話　03-5369-3060（代表）
03-5369-2299（販売）

印刷所　図書印刷株式会社

ISBN978-4-286-23865-4